《封神演义》人物艺术图鉴

麻子老雷 绘

陈玖柒 弓夕越 编

人民邮电出版社

北京

图书在版编目（CIP）数据

《封神演义》人物艺术图鉴 / 麻子老雷绘 ; 陈玖柒,
弓夕越编. -- 北京 : 人民邮电出版社, 2024.4
　　ISBN 978-7-115-63501-3

　　Ⅰ. ①封… Ⅱ. ①麻… ②陈… ③弓… Ⅲ. ①《封神
演义》－人物研究 Ⅳ. ①I207.419

中国国家版本馆CIP数据核字(2024)第007515号

内 容 提 要

　　我国的《封神演义》是一部讲述三千多年前人、仙、妖之间旷世战争的神话奇幻文学巨著。商周乱世中，斗争精彩绝伦，人物关系错综复杂，令人眼花缭乱。为了让读者快速了解人物关系、形象塑造、故事发展与阵法法器等内容，我们编写了本书。

　　本书共四章，精简概述了《封神演义》中的人物故事与道具，并通过二次创作，为79位人物绘制了造型。这不仅让复杂的人物关系清晰化，还塑造了极为立体的人物形象。附录还收录了书中其余重要人物的故事和法器等。同时，随书附赠封神榜全神名单折页册子。

　　本书图画精美，装帧精良，受众广泛，尤其适合文学、艺术爱好者阅读和收藏。

◆ 　绘　　　　麻子老雷
　　编　　　　陈玖柒　弓夕越
　　责任编辑　魏夏莹
　　责任印制　周昇亮

◆ 人民邮电出版社出版发行　　北京市丰台区成寿寺路 11 号
　　邮编　100164　　电子邮件　315@ptpress.com.cn
　　网址　https://www.ptpress.com.cn
　　北京九天鸿程印刷有限责任公司印刷

◆ 开本：787×1092　1/16
　　印张：12.5　　　　　　　　　2024 年 4 月第 1 版
　　字数：320 千字　　　　　　　2025 年 5 月北京第 5 次印刷

定价：128.00 元

读者服务热线：(010)81055296　印装质量热线：(010)81055316
反盗版热线：(010)81055315

各具特色的『仙』，各有所长的不凡之人。

阐教众仙

鸿钧道人

老子

元始天尊

通天教主

十二上仙

首席弟子	燃灯道人		弟子	李靖
	广成子	玉鼎真人	弟子	杨戬
	赤精子	太乙真人	弟子	哪吒
	黄龙真人	普贤真人	弟子	木吒
弟子	灵宝大法师	文殊广法天尊	弟子	金吒
	慈航道人	惧留孙	弟子	土行孙
	道行天尊	清虚道德真君	弟子	杨任
			弟子	黄天化

弟子
- 姜子牙
- 申公豹
- 云中子 — 弟子 — 雷震子

通天教主

首席弟子	多宝道人	弟子	火灵圣母
	金灵圣母	弟子	闻仲

弟子门人
- 云霄娘娘 · 赵公明
- 琼霄娘娘 · 石矶娘娘
- 碧霄娘娘 · 吕岳

随侍仙
- 虬首仙
- 金光仙
- 灵牙仙
- 乌云仙

截教众仙

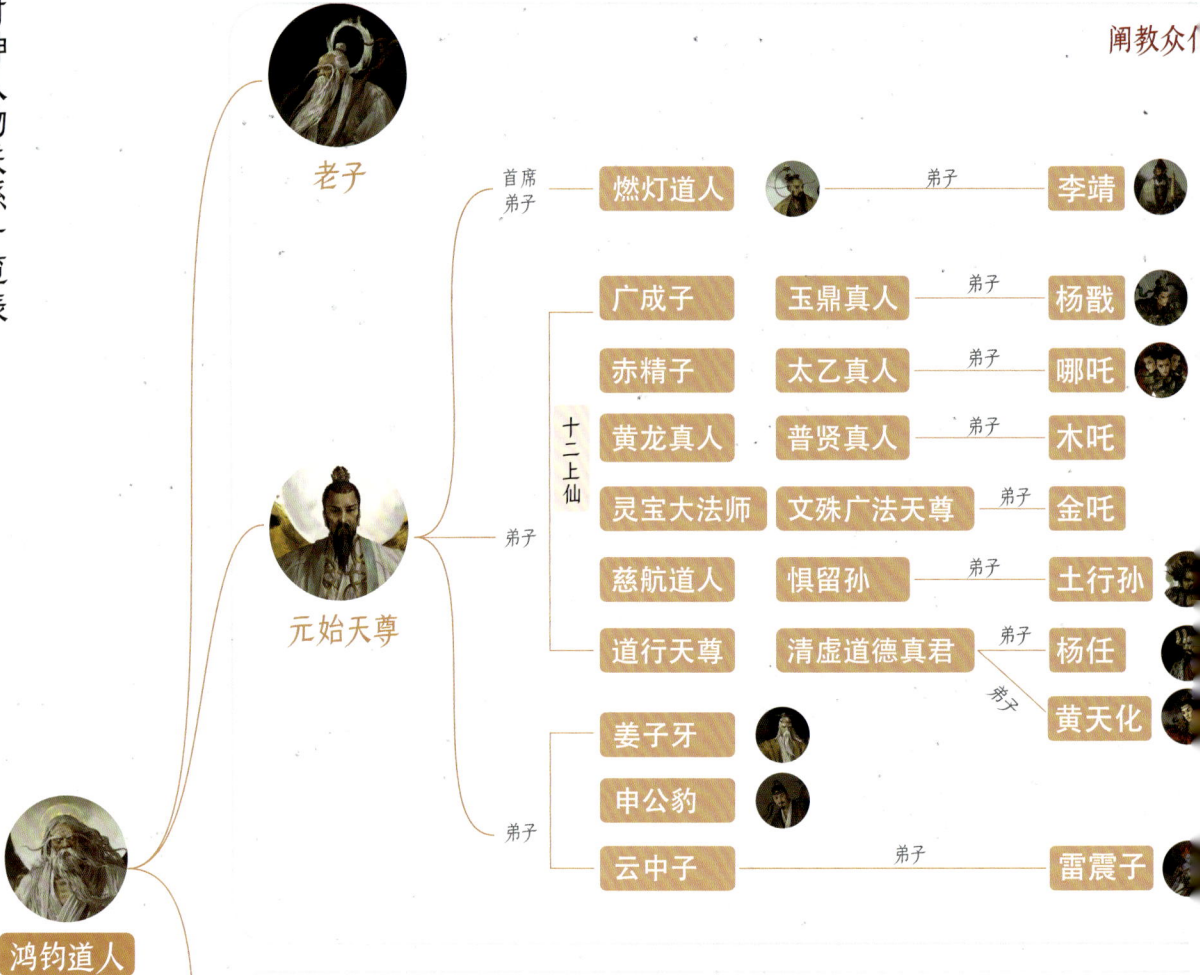

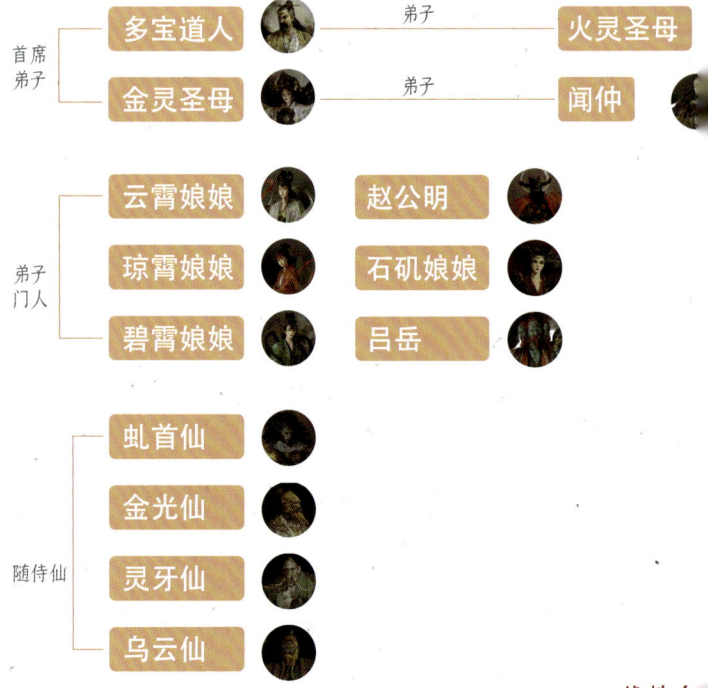

西方教

接引道人

准提道人

女娲娘娘

周阵营

散仙

伯邑考

姬发

父子

陆压

马元

黄飞虎

邓蝉玉

妻

将领

姬昌
(周文王)

秦完

赵江

崇黑虎

董全

苏全忠

袁角

孙良

白礼

姚宾

王变

张绍

金光圣母

金鳌岛
十天君

比干

叔父

殷郊

父子

母子

姜皇后

原配

苏妲己

吴龙

轩辕坟三妖

胡喜媚

妃子

常昊

王贵人

杨显

费仲

宠臣

殷受
(商纣王)

袁洪

尤浑

戴礼

孔宣

金大升

张奎

将领

夫妻

高兰英

朱子真

梅山
七怪

商阵营

序1

本次，由我负责对《封神演义》中的人物画像进行再创作。虽然这是一个我自认为从儿时便熟知的中国传统神话故事，但在前期查阅整理原著人物设定的过程中，我还是获得了相当多的细节信息。原作者在人物塑造上倾注的思想，为插图的设计提供了充分发挥的空间。其中，丰富的"人"的形象有奇人异士、世外高仙，包括截教中由万物修炼而来的仙人之体。不同于志怪类主要以幻想生物作为角色出现的故事，《封神演义》描绘了各具特色的"仙"，以及特长各异的不凡之人。除此之外，在商周的故事线中，也出现了多位形象鲜明的人世间的人物。这些人物构成了《封神演义》的世界体系和故事情节，也是本书作为角色图鉴的重点。

绘制这类广为流传的故事中的人物确实有难度。一方面，我相信读者对故事人物和情节都已有不同程度的理解，心中也对这些形象有了自己的建设；另一方面，封神的故事在多年间演绎出了许多不同类型的作品，各有各的表达方式。文学作品可以多样化地解读，因此我们很难以一种标准来判断其优劣正误。因此在选题之初，经过商议，我们决定在尊重原著的基础上，由我与本书的文字作者及编辑一起，以轻松、简洁、直白的形式，将图画与故事串联起来，形成一册较为完整、具有一定审美价值的人物志。我们希望能从我们的角度，还原书中角色的独特魅力，为大家直观地了解《封神演义》的故事脉络和人物形象提供参考。

麻子老雷

2023 年夏

序 2

第一次给书写序，兴奋之余，又有点迷茫，不知道该写什么。思考一番后，我决定就把它当作篇随笔，记录一下这次难得的机会。

近三年，由于在家办公的时间变多，我开始重新读起了这些小时候陪伴自己成长的读物，如《西游记》《封神演义》《镜花缘》等神魔小说。越深入研究，我越是对其背后的人文历史和神话故事充满了好奇和想象，同时也越能感受到书中所蕴含的文化价值与力量。最近几年，以孙悟空、哪吒、姜子牙等为主要角色的动画电影不断被搬上荧幕，让年轻的我们看到了独属于东方、独属于中国神话的"美"，这真的是一件令人高兴的事情。终于在去年年底，我和十几年的闺蜜夕越着手制作与这方面有关的图文内容。其实一开始我们真没有那么多想法，就觉得边整理这些神魔小说、边做图文挺有趣的，有时候还能在里面看到古人对当时社会的记录和感悟，也会试想如果自己生活在那个时代，是不是也能大展笔墨，创作一部属于自己的神话故事。

后来在机缘巧合下，有位编辑姐姐找到了我们，希望我们可以参与撰写普及《封神演义》的内容。说实话，当时我们的心情真是有点忐忑，不确定我们是否有能力接下这个任务。好在撰写途中，不管是我们的编辑姐姐还是插画师，都对我们给予了鼓励和帮助，让我们得以顺利完成这本书的文字编辑工作。重读《封神演义》时，我们进行了深入的分析与解读，读者能够通过第三方的视角，再一次了解这本书背后那些扣人心弦的故事，并在多维度描绘的商周之战的历史背景下，重新看待那些人、仙、妖之间的斗争，以及那些既定的命运、那些善恶的界限。你会发现，原来凡事有因才有果，因果定律是任何人都无法逃避的。

这本书寄托着我们的努力和心血，也希望这本书能够让读者再次喜欢和了解《封神演义》，重新爱上古人给我们留下的文化宝藏。

陈玖柒

2023 年夏

目录

《 封 神 演 义 》 人 物

世间人物
轩辕坟三妖
知名将领
朝内忠奸

第一章

商周之变

殷受

商纣王，帝乙第三子，又称寿王，是商王朝的最后一任君王，原配为姜王后。其人物原型为中国历史上赫赫有名的商朝末代君王"帝辛"。

起初，纣王于女娲娘娘诞辰入女娲宫祭祀上香，见其圣像国色天姿，便起了坏心，在行宫粉壁上作诗亵渎女娲娘娘，因而惹怒女娲，导致其派轩辕坟三妖去迷惑纣王。九尾狐狸精噬魂附体于苏妲己，入宫后以美色诱惑纣王，朝堂更有费仲、尤浑等奸佞臣子，纣王从此变得残暴不仁，不仅屡次听信妲己谗言，造炮烙、虿盆等酷刑残害忠良义士，建酒池肉林、摘星楼以供玩乐，还将姜王后剜目烙手并废黜，导致其昏死于西宫，又命人诛杀殷郊、殷洪兄弟二人，逼叔父比干剖腹剜心、六亲不认、拒谏诛忠。纣王昏庸无道，暴政待民，从而引发了武王伐纣，最终于摘星楼自焚而亡，商王朝就此覆灭，后魂上封神台。

姬昌

周文王，乃伯邑考、姬发之父，雷震子的义父。姬昌原为商朝的西伯侯，通算卦之术，善晓吉凶，妻儿众多，共有百子。

姬昌居于西岐山，因纣王忌惮各诸侯，姬昌便被召入朝歌。途经燕山避雨时，姬昌收养一婴孩成为他的第一百子，取名雷震子，并交予寻将星而至的云中子拜师学艺。后姬昌因触怒商纣王而被监禁于羑里城七年。其子伯邑考携异宝七香车、醒酒毡、白面猿猴和美女进贡以代父赎罪，却因妲己陷害而被纣王冤杀，做成肉饼赐予姬昌，姬昌知晓后忍痛吃下。而后姬昌潜逃出城至临潼关遭追捕，幸得雷震子相助，终得以出五关。至西岐，姬昌连吐三次，肉饼化为兔子，乃伯邑考三魂所化。后姬昌自封周文王，建周国，拜姜子牙为相，招兵买马，联合各诸侯国有识之士共同反商。连年征战，姬昌自见崇侯虎的首级后便神魂不定，病势日渐加重，临死之际传位于姬发，遂薨，享年九十七岁。

落魂钟

值年太岁

殷郊

殷商太子，纣王长子，殷洪的哥哥，师父为广成子。

兵器

番天印、落魂钟、雌雄剑、
方天画戟（广成子所赠）

方天画戟

在母亲姜王后被杀后，殷郊被纣王派兵追捕，与弟弟殷洪一起逃亡，后被阐教仙人广成子救到九仙山拜师学艺。后奉师命下山报仇并辅佐周武王，被授予法宝及道术，也因食用仙豆而长出了三头六臂。临走之际，殷郊发下毒誓，若改念当受犁锄之厄。殷郊下山后半路遇申公豹挑唆，得知弟弟殷洪被杀，决心为弟报仇，随即倒戈，加入商军攻打西岐。殷郊于周军营前叫阵，生擒黄飞虎、击败哪吒，后被杨戬看穿来历，请来广成子。不料殷郊以番天印攻之。最终，殷郊被燃灯道人以法术封入山间，身子夹在山内，头在山外，被武吉用犁锄击杀，应誓而亡。

伯邑考

中天北极紫微大帝

姬昌和太姒的长子，
姬发的兄长。

父亲姬昌因触怒商纣王而被监禁，伯邑考携异宝七香车、醒酒毡、白面猿猴和美女前往朝歌进贡，以代父赎罪。后伯邑考被妲己陷害，最终惨遭纣王下令处死，将其肉着厨役用佐料做成肉饼，赐与姬昌吃下。姬昌得雷震子相助得以逃回西岐，大叫一声，吐出一块肉饼，肉饼就在地上一滚，生出四足、长出两耳，往西跑去了。姬昌连吐三次，三个兔儿就走了，此三兔乃伯邑考三魂所化。

苏妲己
（九尾狐）

商朝冀州侯苏护之女，苏全忠之妹。其表面是姿貌甚美的苏护之女苏妲己，内里实则是轩辕坟三妖之一的九尾狐狸精。

女娲授命九尾狐去惑乱君心，尽早推翻商汤基业。恰逢此时，商纣王在听了费仲进言后，逼迫苏护献女为妃，苏妲己在去朝歌途中惨遭九尾狐狸精噬魂附体。九尾狐虽受女娲娘娘旨意断送殷商基业，但无端造业、残害生灵、陷害姜王后篡位，又制造炮烙、虿盆等酷刑残杀比干等忠烈，荼毒宫人，筑鹿台聚天下之财，造酒池肉林，致内宫丧命，甚至敲骨看髓、剖腹验胎，罪不容诛。后朝歌破败，三妖在夜袭周营未果败逃途中被女娲娘娘拿下，交予杨戬等人，终被推出辕门以"斩仙飞刀"斩首，首级高悬于旗杆之上，永无入封神榜的资格。

为什么妲己是女娲派出去的，却仍难逃一死？

女娲让轩辕坟三妖去迷惑纣王，但前提是纣王无道、殷商气数已尽、西周已生圣主，三妖应待武王伐纣时助其成功，且不可残害众生、助纣为虐，事成之后，则皆可修成正果。这段话中的前提条件是"不可残害众生"，但妲己肆意残害无辜、荼毒忠烈，人神共愤，甚至最后还行刺姬发，因此女娲只得将她们交给姜子牙等人发落问斩。

胡喜媚

（九头雉鸡）

九头雉鸡精，以妲己妹妹的身份入宫后化名胡喜媚，实则为轩辕三妖之一，排行第二。

胡喜媚奉女娲法旨断送成汤江山，因轩辕坟狐狸子孙被比干和黄飞虎所烧，受妲己邀请以其义妹身份入宫，成为纣王的宠妃。后与妲己合谋以治愈心疾之名诱导纣王逼杀比干。在商朝将灭之际，胡喜媚见纣王往摘星楼去，便与九尾狐狸精和玉石琵琶精计划劫周营。三妖夜袭杀至营前被姜子牙领兵击退，战败后在逃回轩辕坟途中被女娲娘娘当场擒获并交予杨戬等人，最终被杨戬监斩，封神榜上无名。

王贵人
（玉石琵琶）

为千年玉石琵琶精，以王贵人之名入宫，实则为轩辕三妖之一，排行第三。

一日，玉石琵琶精往朝歌城看望妲己，夜食宫内人。探望完妲己归巢途中，巧遇姜子牙算命，于是变作妇人前去，却被一眼识破妖身，被姜子牙制伏擒于纣王面前，用符印镇住，以三昧真火焚烧使其现出原形。妲己得知后欲为其报仇，便将玉石琵琶放于摘星楼上，采集天地灵气、受日月精华，待五年后恢复人形。后与妲己、胡喜媚一同哄得纣王下令敲骨验髓、剖腹验胎，日日荒淫宴乐、不理朝政。在商朝将灭之际，三妖夜袭周营未果，被女娲娘娘当场擒获并交予杨戬等人。三妖罪无可恕，被韦护监斩，封神榜上无名。

神位

（五岳之首）

东岳泰山天齐仁圣大帝

黄飞虎

西宫黄贵妃之兄，原为殷商镇国武成王，七代忠良。后投降姜子牙助周武王讨伐纣王，被封开国武成王。

兵器

金錾提芦杵

坐骑

五色神牛

妲己为报黄飞虎放金眼神莺害她之仇，设计诓其夫人贾氏上摘星楼，使其遭纣王欺辱调戏。为保名节，贾氏跳下楼台。妹妹黄妃为嫂报仇，怒打妲己、痛斥纣王，也被摔下摘星楼而亡。黄飞虎为报痛丧妻、妹之仇，遂偕兄弟、孩子及家将反出朝歌，行至潼关被守将陈桐以火龙标打死，其长子黄天化遂下山用仙药救活父亲。黄飞虎后投奔西岐，被武王封为"开国武成王"。在伐商之战中，因熟知敌方军情，黄飞虎多次助姜子牙御敌制胜，屡有战功，备受重用，亦为西岐纳入不少良将。后于渑池县之战中死于守将张奎刀下，最终魂上封神台。

金錾提芦杵

大杆刀

孔宣

殷商三山关新总兵，后调至金鸡岭为元帅。其真身为细冠红孔雀，善五行道术，后被准提道人收服。

兵器

大杆刀和金鞭

战绩

接连生擒黄飞虎、洪锦、雷震子、哪吒等人，逼得姜子牙只能挂出免战牌。

神通

五色神光，五道光华分青、黄、赤、黑、白五色，光华一抖出，五行之内，无物不收。

洪锦领兵攻打西岐战败，归降于周，而后孔宣被纣王升为元帅，派去金鸡岭阻止周兵。孔宣用五色神光接连生擒周营几员大将，杨戬使用照妖镜却看不见真身。后孔宣对战邓婵玉被其打伤面门，又遭龙吉公主砍伤左臂，治愈后又大胜陆压和土行孙等人，却又被邓婵玉偷袭，再次伤到面门。姜子牙不得不挂出免战牌，连燃灯道人也战败了。最终，西方教的准提道人持法宝前来助战，使其显出原形并将其收为坐骑，被封为孔雀大明王。后于诛仙阵中随准提道人对战通天教主。

崇黑虎

神位

南岳衡山司天昭圣大帝

为殷商北伯侯"崇侯虎"的弟弟，后成为北伯侯，自幼拜截教真人为师修炼。

法器

红葫芦

兵器

两柄湛金斧

坐骑

火眼金睛兽

苏护因纣王强纳姐己而起兵反商，崇侯虎奉旨征伐冀州，崇黑虎助兄长与苏护对战，用法宝生擒其子苏全忠，后败于苏护部将郑伦，被活捉回城，使黑虎悦服。苏护设宴与其欢饮坦言，诉说缘由。了解实情后的黑虎回到营中，因不满兄长助纣为虐而与其割袍断义，独自离开，回了曹州。后黑虎助姬昌伐纣，擒获其兄献于周营归降。伐纣之战中，孔宣于金鸡岭抗周，黑虎又助武王用铁嘴神鹰击败高继能的蜈蚣袋，后在渑池县之战中被张奎所杀，最终魂上封神台。

红葫芦

将葫芦顶揭去，念出咒语，葫芦里就会有一道黑烟冒出，化开网罗般大小。黑烟之中有嘻哑之声，遮天蔽日，随后飞出铁嘴神鹰，张口向敌方劈面咬去。

战绩

活捉苏全忠、破高继能的蜈蜂袋。

面如锅底，海下赤髯，两道白眉，眼如金镀，戴九云烈焰飞兽冠。

身穿锁子连环甲、大红袍，腰系白玉带。

破军星

苏全忠

商朝冀州侯苏护之子，苏
妲己的兄长，性急、武艺
高强。

兵器

银尖戟

父亲苏护因不满纣王强纳妲己为妃而意欲反商，苏全忠则多次打败前来奉诏问罪的崇侯虎，
致使其暂时退兵，后被崇黑虎用铁嘴神鹰生擒。父亲将妹妹妲己献去朝歌为妃，苏全忠被放
回。随后，苏全忠与父亲一起奉命讨伐西岐，结果反而一起归降。武王伐纣时，苏全忠因其
父阵亡于余兆之手，遂大战余光为父报仇，被余光的梅花标打伤，后再次带伤出战，被余达
击伤落马，幸被偏将祁恭救回。苏全忠死因不明，最终魂上封神台。

束发金冠，金抹额，双
摇两根雉尾，大红袍，
金锁甲，银合马，画杆
戟，面如满月，唇若
涂朱。

七杀星

坤煞

张奎

善使地行术，一日可行一千五百里，为殷商渑池县守将，妻子为高兰英。

战绩

击杀姬叔明、姬叔升、崇黑虎、黄飞虎、闻聘、崔英、蒋雄、黄飞彪、土行孙。

坐骑

独角乌烟兽

在姜子牙率军攻打渑池县时，张奎连斩崇黑虎等八名将领。杨戬两次假意被其擒获，并先后用计令张奎将自己的独角乌烟兽及母亲斩首。张奎用地行术逃脱哪吒的九龙神火罩，夜袭周营被杨任识破。后张奎先至夹龙山埋伏，偷袭土行孙并斩其首级。然朝歌不发救兵，城池失守，张奎最终遭杨戬、杨任与韦护合力围攻，被指地成钢的符篆所制不能撤身，后被韦护以降魔杵打成齑粉，命丧于渑池城下，最终魂上封神台。

里面放有 49 根
太阳神针，专射
敌人眼睛。

红葫芦

桃花星

高兰英

商汤渑池县守将张奎
的夫人。

法器

红葫芦

丈夫张奎对战五岳时，高兰英祭出四十九根太阳金针助其连斩五将，将被丈夫生擒的
杨戬用符印镇住，斩其首级，不料中了杨戬之计。后与邓婵玉对战，被五光石打伤，
又让出土行孙去找惧留孙取指地成钢符克敌，并告诉丈夫张奎去截杀土行孙。邓婵玉
为夫报仇前来叫阵，高兰英用红葫芦放针射了邓婵玉的双眼，并将她一刀斩于马下。
后在周军围攻渑池时，高兰英被飞上城墙的哪吒用乾坤圈打中顶上，一枪戳死，最终
魂上封神台。

六合星

邓婵玉

原殷商女将，三山关总兵邓
九公的女儿、邓秀的妹妹，
后嫁土行孙为妻。

法器

五光石

曾随父征讨西岐，初与周军对战时，邓婵玉便用五光石打伤了哪吒、
黄天化等人，后与父亲邓九公归顺西岐并被迫嫁与土行孙，在伐纣
之战中多次打伤敌营将领。在渑池之战中，丈夫土行孙战死于张奎
的刀下，邓婵玉至城下叫阵欲为夫报仇，不料被张奎之妻高兰英以
太阳神针射住双眼，观看不明，被高兰英斩于马下，最终阵亡。

神位

文曲星

比干

纣王的叔父兼亚相文臣，先王帝乙的弟弟。其原型为历史人物商纣王帝辛的宰相。

姜子牙在火烧玉石琵琶精时与比干相识。姜子牙算出比干有大难，便留一简帖。后因比干火烧轩辕坟狐狸子孙并将其剥皮制袍而被妲己怀恨在心，妲己谎称自己心疾复发，伙同其妹妹胡喜媚怂恿纣王设计逼比干剜心。由于此前已喝下姜子牙赠予的护脏符水，比干得以被剜心而不死，疾走数里遇妇人卖无心菜，由此发问："人若是无心，如何？"只听妇人："人若无心，即死。"随后比干摔下马来，当即血溅而亡，最终魂上封神台。

卷舌星

尤浑

与费仲同为纣王宠臣，
经常谗言献媚、蛊惑
纣王。

在闻太师出兵北海、大举远征、戍外立功之时，受到纣王宠信，并结党费仲，二人把持朝政、擅权作威。尤浑同费仲谗言陷害姬昌，在与鲁雄一同讨伐西岐时，因被冰冻在岐山而被捉住，随后同鲁雄、费仲一起被斩，最终魂上封神台。

廉贞星

费仲

中谏大夫，与尤浑同
为纣王宠臣，经常谗
言献媚、蛊惑纣王。

趁闻太师不在都城时，费仲以酒色迷惑君心，因而受到纣王宠信，与尤浑二人把持朝政，擅权作威。因冀州侯苏护入朝时未向二人赠礼，遂怀恨在心，谗言奏于纣王，苏护有一女，美貌绝伦，诱使纣王逼苏护献女为妃。随后接连献计陷害姜皇后，又害姬昌被囚。在暗收了姬发之礼后，转而进言姬昌乃忠臣，使纣王将其赦免。最终，费仲在与鲁雄讨伐西岐时被冰冻在岐山，后被捉住，随后同鲁雄、尤浑三人一起被斩，最终魂上封神台。

《 封 神 演 义 》 人 物

一

阐教教主
首席弟子
十二上仙
二代弟子
三代弟子

第二章

阐教众仙

老子

（太上老君）

太上老君，修行于大罗宫之玄都洞，本名李聃，阐教掌教大老爷、鸿钧道人的大弟子。其混元大罗金仙的修为，可一气化三清。

法器

太极图、风火蒲团

坐骑

板角青牛

姜子牙魂游昆仑山，老子取太极图付与前来求助的赤精子，成功救下子牙。后遇三霄摆黄河阵连拿杨戬等人及玉虚十二仙，老子遂驾临西岐，破黄河阵，以法宝灭三霄，助战西岐大胜闻太师。老子多次出手相助阐教一脉，而后在通天教主连设"诛仙阵"和"万仙阵"时，与元始天尊联合西方教准提道人和接引道人，合力大破二阵，解救众仙之厄。大战后，鸿钧道人赶来化解老子、元始天尊和通天教主间的恩怨，三仙讲和，奉师命各自返回洞府。

太极图

是老君劈地开天，分清理浊，定地、水、火、风，包罗万象之宝。

战绩 借赤精子太极图用以击杀殷洪，使其灰飞烟灭。

风火蒲团

祭起空中可召唤黄巾力士，将人或法宝卷入并带走。

战绩 第一次卷走了三霄娘娘的法宝"混元金斗"，第二次卷走了多宝道人。

元始天尊

修行于昆仑山玉虚宫，阐教教主，姜子牙的师父，鸿钧道人的弟子。元始天尊道法无边，徒弟众多，包括燃灯道人、南极仙翁、云中子等。

法器

三宝玉如意、三光神水、盘古幡、太极符印

法术

纵地金光法

三宝玉如意

施法将其悬在空中，
后攻向天灵盖。

战绩 破黄河阵时打死琼
霄娘娘，在诛仙阵
中祭起打通天教主。

盘古幡

授予文殊广法天尊，
助其破"太极阵"。

战绩 收服虬首仙。

因商、周易代，神仙逢此杀运，故由元始天尊、
老子及通天教主奉师命共立"封神榜"。元始天尊
遣姜子牙下山助周灭商，代他封神。姜子牙受阻遇险，
二度上山求助，元始天尊赐予法宝助他退敌，并指引他往北
海收服龙须虎。后三霄摆黄河阵困住十二仙，元始天尊与老子共同
入阵，制服三霄、破阵离去。姜子牙金台拜将之际，元始赐其三杯酒并
给予指示，后又返驾回宫。随后与老子、准提一众，联手接连共破诛仙阵
及万仙阵，通天教主大败而逃。后由鸿钧道人出面，众人与通天教主讲和。
后元始天尊遣白鹤童子抓住申公豹，用他塞了北海眼。商灭后，元始天尊
将阵亡的忠臣孝子、逢劫神仙按其品位，书写符敕于西岐封神台封神。

三光神水

装在琉璃瓶中的神水，元始天尊将神水洒在北海上。

战绩 配合姜子牙护定西岐城。

太极符印

授予普贤真人，助其破"两仪阵"。

战绩 收服灵牙仙。

燃灯道人

修行于灵鹫山元觉洞，元始天尊的大弟子，阐教"十二上仙"之一。

法器

乾坤尺

坐骑

梅花鹿（后被赵公明用金蛟剪所杀）

受太乙真人之托磨炼哪吒之性，令哪吒、李靖化解仇恨，又传授李靖一座玲珑金塔，用来收服哪吒。赵公明叫阵时祭起定海珠，燃灯骑鹿逃遁；二战赵公明，被其用金蛟剪杀了坐骑；后带领其他十一上仙一起助姜子牙大破截教十绝阵，并在三霄姐妹所设的九曲黄河阵中逃脱；对战大鹏羽翼仙时，设法令其吃下念珠，收服他往灵鹫山修行；收回自己琉璃灯中的灯焰马善。此外，燃灯还指点姜子牙借来四方旗对付殷郊的番天印，并将其抓住、后对战诛仙阵时，燃灯受师父指示，用定海珠将通天教主打败，在决战万仙阵时又用定海珠打死了金灵圣母。

乾坤尺

外形为尺子状法宝，施法时掷出去，能远距离打人。

战绩　帮助曹宝偷袭，打跑赵公明。

遁龙桩

遁龙擒仙，先俘后杀，后传于徒弟金吒护身伐纣使用。

战绩 擒住哪吒、王魔、杨森、秦完、吕岳、马兆、窦荣。

文殊广法天尊

修行于五龙山云霄洞，是三友之中阐教元始天尊的弟子之一，阐教"十二上仙"之一，太乙真人、姜子牙等的师兄，"三大士"之一。

法器

遁龙桩

坐骑

青毛狮子（虬首仙）

受太乙真人之请，磨炼哪吒之性，以全父子之情；助姜子牙破十绝阵的头阵"天绝阵"，以法宝"遁龙桩"擒住阵主秦天君，斩其首级，拎出天绝阵。后设计擒获马元；招展青莲宝色旗，制住了殷郊的番天印，并参与捉拿殷郊。破太极阵时，奉元始天尊之命用盘古幡将其破之，用捆妖绳收虬首仙。决战万仙阵时，联手普贤、慈航，三人共同围攻金灵圣母，后归于佛教，成为文殊菩萨，与慈航道人和普贤道人并列，合称"三大士"。

吴钩剑

战绩 击杀袁天君。

长虹索

战绩 捉住灵牙仙

普贤真人

修行于九宫山白鹤洞，阐教"十二上仙"之一、"三大士"之一，其弟子为木吒。

法器

吴钩剑、长虹索

坐骑

白象

与其他十一上仙一起助姜子牙破十绝阵，奉燃灯道人之命大破"寒冰阵"，用吴钩剑斩杀袁天君。后来被三霄娘娘用混元金斗擒住，困入九曲黄河阵中，与其他十一位上仙一同遭遇了削顶上三花与消胸中五气的劫数，失了道果。而后在万仙阵中恢复法力，用太极符印攻破两仪阵，俘获灵牙仙并将其收为坐骑白象。决战万仙阵时，联手文殊、慈航，与金灵圣母打平，后归于佛教成为普贤菩萨，与慈航道人和文殊广法天尊并列，合称"三大士"。

什么是顶上三花与胸中五气？

"三花聚顶，五气朝元"是我们比较熟知的一种说法，"三花"最早出现在萧廷芝的《金丹大成集》中，代表人体的精、气、神；而"五气"指的是心、肝、肾、肺、脾这五脏之气。文中出现的这段文字的意思即削去了他们的修为。

慈航真人

修行于南海普陀山，阐教"十二上仙"之一，元始天尊的弟子之一，"三大士"之一。

法器

清净琉璃瓶

坐骑

金毛

与其他十一上仙一起助姜子牙破十绝阵，奉燃灯道人之命用定风珠大破"风吼阵"，并以清净琉璃瓶杀死董全。后来被三霄娘娘用混元金斗擒住，困入九曲黄河阵中，与其他的十一位上仙共同遭遇了削顶上三花与消胸中五气的劫数，失了道果、黄河阵被破后，又用定风珠助姜子牙打死菡芝仙。而后在决战万仙阵时恢复法力，祭起三宝玉如意，俘获金光仙，收其为坐骑金毛犼，大破四象阵。联手文殊、普贤，与金灵圣母打平，后归于佛教，成为观世音大士，与普贤道人和文殊广法天尊并列，合称"三大士"。

清净琉璃瓶

命力士将瓶底朝天、瓶口朝地，后瓶中出现一道黑气，将其吸入瓶中。

战绩　收董天君，将浑身皮肉化为脓血。

广成子

居于九仙山桃源洞，师父为元始天尊，阐教"十二上仙"之首，有徒弟殷郊。

法器

扫霞衣、番天印、雌雄剑

大破十绝阵之一的"金光阵"，祭出番天印打死金光圣母；桃花岭上吓退闻仲太师；借来离地焰光旗及青莲宝色旗，聚集各方仙旗用以对抗殷郊手中的番天印。曾被赵公明用定海珠打败，被三霄仙子用混元金斗擒住并投入九曲黄河阵中，与其他十一位上仙一同遭遇了削顶上三花与消胸中五气的劫数，失了道果。佳梦关前用番天印砸死火灵圣母；三次拜访碧游宫，将龟灵圣母打回原形。诛仙阵之战时，又用番天印打翻多宝道人。在万仙阵中使用诛仙剑杀掉了众多截教的门人弟子。

扫霞衣

将火灵圣母的金霞冠
的金光一扫而光。

雌雄剑

番天印

战绩 逼退太师闻仲；击杀金光
圣母、火灵圣母；打翻多
宝道人使其逃回阵中；将
龟灵圣母打回原身。

太乙真人

修行于乾元山金光洞，阐教"十二上仙"之一，元始天尊的真传弟子，清微教的教主，哪吒的授业恩师，门下侍童金霞童子。

奉师命将灵珠子送下山投胎转世，并托梦于殷夫人，使哪吒于丑时降生，并上门收徒取名。哪吒误杀碧云童子后，太乙真人为保哪吒，火烧上门寻仇的石矶。又指引哪吒自戕以救父母之厄，太乙真人将其灵魂收入莲花中令其重生，并放任哪吒几次寻父报仇，复又阻止，又托燃灯道人磨炼哪吒之性，设法令哪吒和李靖化解仇恨，以全父子之情。待到对战十绝阵时，太乙真人现身破化血阵并杀死孙良。后传哪吒"三头八臂"之法及各式法宝，派他辅佐西岐。在最后，太乙真人于万仙阵中持宝锉进阵，与其他师兄弟共同破阵。

清虚道德真君

修行于青峰山紫阳洞，阐教
"十二上仙"之一，自称炼
气士，弟子为黄天化和杨任，
有一侍童为白云童子。

法器

五火七禽扇

用混元幡遮下黄飞虎一家并移至他处躲避追袭，用一捏神砂退了闻
太师。之后破截教十绝阵之一的"红水阵"，用七禽扇打死了王变，
后被三霄娘娘用混元金斗擒住，困入九曲黄河阵之中，与其他十一
位上仙遭遇了削顶上三花与消胸中五气的劫数，失了道果；后派徒
弟杨任下山解子姜子牙之厄，大破吕岳的瘟癀阵。

五火七禽扇

此扇由空中火、石中火、木中火、三昧火、人间火，五火合成；扇有凤凰翎、青鸾翎、大鹏翎、孔雀翎、白鹤翎、鸿鹄翎、枭鸟翎，七禽扇上有符印、秘诀。

战绩　破了十绝阵之一的"红水阵"，扇死了阵主王变。

玉鼎真人

修行于玉泉山金霞洞，元始天尊弟子，阐教"十二上仙"之一，姜子牙的同门师兄，其弟子为杨戬。

法器

斩仙剑

战绩

诛杀天麟，又助杨戬、哪吒对战吕岳。

派杨戬下山助战姜子牙，在姜子牙一众遭吕岳于西岐城内洒下瘟疫之时及时赶到，指引徒弟杨戬前往火云洞，从神农手中取得三粒丹药，解救了一城生灵之厄。后使用仙剑诛杀领兵攻进西岐南门的朱天麟，并助杨戬等人战吕岳；后协助老子、元始天尊等共破诛仙阵，摘得通天教主四剑之一的"陷仙剑"，于决战万仙阵时祭起，屠戮截教门人弟子，与三教诸仙人共破万仙阵。随后指引杨戬再次前往火云洞求得升麻，以解救三军于痘疹之厄。

道行天尊

皮赵公明用定海珠打伤，后被三霄娘娘用混元金斗擒住，困入九曲黄河阵之中，与其他十一位上仙一同遭遇了削顶上三花与消胸中五气的劫数，失了道果；后协助老子、元始天尊等仙会共破诛仙阵，摘得截天教主四剑之一的"绝仙剑"。大战万仙阵时，道行天尊冲入阵内，奋起陷仙剑，屠戮截教门人弟子，与三教诸仙人共破万仙阵。

赤精子

修行于太华山云霄洞，阐教
"十二上仙"之一，元始天
尊的弟子，其徒弟为殷洪。

法器

阴阳镜

姜子牙因落魂阵而魂魄飘荡，赤精子于是向老子借来太极图，三战落
魂阵，以阴阳镜灭姚斌，收回其余二魂六魄，救回姜子牙。后来被三
霄娘娘困入黄河阵之中，与其他十一位上仙遭遇了削顶上三花与消胸
中五气的劫数，失了道果；又于燕山阻退了闻太师。赤精子将法宝付
与徒弟殷洪，令其下山保周伐纣，殷洪被申公豹蛊惑，反伐西岐，赤
精子遂以太极图绝命殷洪。后协助老子、元始天尊等仙会共破诛仙阵，
摘得通天教主四剑之一的"戮仙剑"，并于之后的万仙阵中用于屠戮
截教门人弟子。

阴阳镜

半边红、半边白，把红的一晃便是生路，把白的一晃便是死路，照到对手可定人生死、混乱阴阳，玄妙无穷。

战绩

破截教十绝阵时，落魂阵的阵主姚斌天君便被此法宝照射而亡。

惧留孙

修行于狭龙山飞云洞，阐教
"十二上仙"之一，元始天
尊的弟子，善地行之术，指
地成钢，有一徒弟土行孙。

法器

捆仙绳

与其他十一上仙一起助姜子牙破十绝阵，奉燃灯道人之命对战"地
烈阵"，用捆仙绳擒住赵江，遂破阵。后被三霄娘娘困入九曲黄河
阵之中，与其他十一位上仙遭遇了削顶上三花与消胸中五气的劫数，
失了道果；后因徒弟土行孙受申公豹唆使，私盗捆仙绳助纣征伐西
岐，惧留孙将其抓住，向姜子牙求情归伏西岐，并为其指婚邓婵玉。
惧留孙奉玉虚之命捉拿申公豹至麒麟崖，救下姜子牙；后又至氾水
关救下被火烧的土行孙，擒住余元，将其放于铁柜、沉于北海。决
战万仙阵时，惧留孙对战龟灵圣母，因不敌其法宝而往西败走，被
接引道人救下。

捆仙绳

施法后能够捆绑仙人。

战绩 捆捉土行孙、两次擒
获余元。

黄龙真人

修行于二仙山麻姑洞，阐教
"十二上仙"之一，元始天
尊的弟子。

─── 坐骑 ───

仙鹤

与其他十一上仙一起助姜子牙破十绝阵。天绝阵被破
之时，乘鹤而来劝退想要与文殊对战的闻太师；化血
阵被破之时，二阻想要与太乙真人对战的闻太师；赵
公明叫阵燃灯道人时，以言语激怒赵公明，被其用缚
龙索掳回军营。吊在幡杆上封住元神，后被杨戬所救；
后来被三霄娘娘困入九曲黄河阵之中，与其他十一位
上仙一同遭遇了削顶上三花与消胸中五气的劫数，失
了道果；子牙于潼关遇痘神，黄龙真人前来与玉鼎真
人一起向火云洞写书信求药；对战万仙阵时以言激截
教门人马遂，被马遂以金箍箍脑，后被元始天尊所救。

灵宝大法师

修行于崆峒山元阳洞，阐教"十二上仙"之一，有一道友度厄真人。

与其他十一上仙一起助姜子牙破十绝阵，致使十天君全部被杀；后由于陆压杀了赵公明，三霄娘娘为兄报仇，便设九曲黄河阵将灵宝与其他十一仙用混元金斗擒住并困入阵中，与其他的十一位上仙一同遭遇了削顶上三花与消胸中五气的劫数，失了道果，被老子和元始天尊所救；最后与阐教和西方教联手，共破截教的诛仙阵和万仙阵。

打神鞭

长三尺六寸五分，有二十一节；每一节有四道符印，共八十四道符印，只能打神，打不了仙和人。

战绩　击杀高有乾、菡芝仙、高明、高觉。

姜子牙

西周丞相，乃玉虚宫元始天尊门下弟子。

法器

打神鞭、杏黄旗

坐骑

四不相

杏黄旗

有万道金光、祥云笼
罩，又现千朵白莲，
谨护其身。

成汤数尽，周室将兴，恰逢姜子牙仙道难成，享将相之福，遂被师父遣下山助周灭商，代其封神。姜子牙被封为西周丞相，领军伐纣，麾下众多玉虚门人前来助战，多次将商军击败。曾火烧玉石琵琶精使其显出原形；有三死七灾之厄，三次被杀而复被救活，被姚斌的落魂阵勾走魂魄、被赵公明用祭鞭打死、被王魔用开天珠打死。待伐纣之战成功，下令斩杀三妖，以陆压道人所赠斩仙飞刀将妲己斩首，至封神台敕封三百六十五位正神。姜子牙最终享人间富贵，寿终正寝。

东海分水将军

申公豹

师父为元始天尊，姜
子牙为其师兄。

法器

开天珠

坐骑

白额虎

申公豹遇姜子牙携封神榜至岐山造封神台，连叫其名皆不
得回应，遂大怒，蛊惑姜子牙烧毁封神榜并保纣灭周、与
其打赌，却被南极仙翁所派白鹤童子教训。申公豹被逐出
玉虚宫后助纣为虐，多次蛊唆使众多截教门人下山助商
伐周。后巧遇姜子牙回佳梦关，一路追
杀，被惧留孙以捆仙绳擒住，押去麒
麟崖，在元始天尊面前发誓不再阻挠
姜尚，违誓将用身子填堵北海之眼，
然逃过一劫后却仍处处阻之。待到武王
伐纣成功之时，申公豹最终应誓，被元始天
命黄巾力士以其塞住北海之眼，后魂上封神台。

李靖

陈塘关镇关总兵，金吒、
木吒、哪吒三兄弟的父亲，
拜西昆仑度厄真人为师，
学成五行遁术。

黄金玲珑塔、六陈鞭、画杆戟

一戟刺死余德

其子哪吒打死了龙王三太子，李靖夫妻遂被四海龙王所抓，
用以要挟哪吒自戕。后李靖烧毁哪吒行宫，碎其金身，结
下深仇。哪吒复生后寻其复仇，在文殊、燃灯、太乙真人
各方点化下，李靖父子终于和解，并被授予玲珑塔用于制
衡哪吒。待到周武兴兵之时，李靖前去助阵姜子牙，以黄
金宝塔打死罗宣；与孔宣对战，被其收走法宝并监禁；先
后与姜子牙等人围剿余元，参战诛仙阵，围攻吕岳，一戟
刺死余德，又参战万仙阵，与哪吒等人围剿高明高觉，杀
进成汤营后又与其他门人围剿三妖。待到武王伐纣成功之
时，李靖请辞归山，最终肉身成圣。

杨戬

练就七十二变九转玄功，
乃玉鼎真人的徒弟，元始
天尊的再传弟子，收有二
徒五夷山金毛童子。

法器

三尖两刃刀、弹弓、哮天犬

战绩

击杀陈九公、辛环、周信、温良、毕环、余化、
吴龙、常昊、朱子真、杨显、戴礼、九头雉鸡精

奉师命助姜子牙伐纣，屡立战功。变身花狐貂，助黄天化打死魔礼寿；与姜
子牙一众劫营，烧毁行粮；赵公明一鞭打死姜子牙后，杨戬暗放哮天犬将其
咬伤，救下黄龙真人；闻太师遣人抢钉头七箭书，杨戬巧计夺书，刺死陈九公；
三霄计摆黄河阵，杨戬被云霄掷出的混元金斗摔进阵里，后被元始天尊破阵
救出。姜子牙一众二次劫营大胜闻仲，杨戬又烧其粮草；闻仲败逃，杨戬暗
放哮天犬助雷震子打死其门人辛环，又化身樵夫将其引去绝龙岭。杨戬请来
惧留孙，成功制服土行孙。后与哪吒等人围攻吕岳，吕岳撒下瘟丹，杨戬以
草成人退敌，又往火云洞求来丹药化解瘟疫；一刀斩杀周信，与黄龙真人等
人共破吕岳；与殷洪、马元对战，假意被马元食入腹中，实则下了奇丹使其

泻肚；以八九玄功对抗殷郊的番天印，并打死温良；对战孔宣却不敌其神光遂败逃；后对战余化，用左臂相迎化血刀，又化身其貌向余元骗取解药，解救雷震子等人并斩了余化；吕岳设下瘟癀阵，杨戬再上火云洞求药，破解了痘疹之毒；渑池县计斩张奎；杨戬向玉鼎真人问计，以七十二变诛杀常昊、吴龙；邬文化劫周营，杨戬护粮草打退邬文化、袁洪二人；以女娲所赠山河社稷图生擒袁洪，与哪吒共伏梅山七怪；与雷震子、韦护奉命擒拿三妖，并最终将九头雉鸡精于辕门斩首。待到武王伐纣成功之时，杨戬请辞归山，最终肉身成圣。

雷震子

天雷将星下世，被姬昌收
养为义子。自幼离家修行
学艺，拜云中子为师。

法器

黄金棍

战绩

击杀辛环、周信、雷鹏、彭遵、墨麒麟、余光

雷鸣过后，将星降世，被周文王姬昌途经燕山避雨时收养，取名为雷震子。雷震子拜师云中子学艺七年有余，奉师命下山救父亲之厄，并得师父指点，食得两枚红杏，长出獠牙翅膀，遍体风雷，后被授予黄金棍及功法。雷震子在飞去临潼关救父姬昌逃出五关后便回山修炼了。待到武王伐纣之时，雷震子多次帮助姜子牙打仗杀敌，与哪吒等人一起催动三昧真火焚烧马善、围攻罗宣、对斩张奎夫妻时，飞上城斩关落锁，放周兵进城；打碎高明高觉的泥塑鬼使，放火烧庙；参战万仙阵，一棍将余光打下马来；后与杨戬、韦护奉命擒拿三妖。待到武王伐纣成功之时，雷震子请辞归山，最终肉身成圣。

面如青靛，发似朱砂，
眼睛暴湛，獠牙横生，
出于唇外、长雷公嘴。

身长二丈，全身水合色
（青蓝），背肋下生出
一对"风雷双翅"。

哪吒

"灵珠子"投胎转世，李靖与殷夫人第三子，金吒与木吒之弟兼同门师兄弟，太乙真人亲传弟子。

法器

乾坤圈、混天绫、火尖枪、风火轮、金砖、九龙神火罩、阴阳剑

战绩

击杀夜叉、敖丙、碧云童子、姚少司、彩云仙子、吉立、邓忠、李奇、庞弘、王虎、王豹、马忠、高兰英、丁策、鲁仁杰

殷夫人怀胎三年零六个月后诞下一肉球，身有乾坤圈、混天绫，乃灵珠子化身，后被太乙真人上门收徒，并取名哪吒。哪吒儿时犯下诸多杀孽，曾因在东海口上避暑洗澡而搅得龙宫大乱，并打死夜叉。龙三太子敖丙与其讲理不成后亦被其打死并抽筋，又于天宫打伤前去状告其罪行的敖光，以震天箭射死白骨洞碧云童子，后被龙王以父母要挟，自戕谢罪。后被太乙真人以莲花化身复活，在师父的各种设局点化下与父亲李靖和解，后奉师命解救黄家父子，前去西岐助姜子牙。哪吒练就三头八臂、护周王、破五关、杀敌颇多、战功显赫。待到武王伐纣成功之时，哪吒请辞归山，最终肉身成圣。

莫邪宝剑

青峰山的镇山之宝，光华闪出，人头即落。

战绩　斩杀陈桐。

三山正神炳灵公

黄天化

武成王黄飞虎的长子，道德真君的大徒弟，师弟为杨任。

法器

莫邪宝剑、攒心钉、火龙标、八棱亮银锤

坐骑

玉麒麟

三岁时被道德真君带上山，修炼十三载，后奉师命下山解救于潼关危难的父亲，而后返回山中。复又奉命下山助周灭商，得师父亲传坐骑玉麒麟与火龙标。至西岐助战，被魔礼青砸死，复被师父救活，得法宝攒心钉，连杀魔家四将。黄天化在伐纣之战中杀敌颇多，立下赫赫战功。最终在攻打金鸡岭时，黄天化所骑玉麒麟被高继能用蜈蜂叮了眼睛，黄天化坐不住鞍鞒，撞下地来被高继能一枪戳死，最终魂上封神台。

八棱亮银锤

身高九尺，面似羊脂，
眼光暴露，虎形豹走，
性如烈火。头戴焰烈飞
金冠，体挂团龙大红袍，
身披金铠。

火龙标

标发飞烟焰，光华似异珍，
百发百中。

战绩 打死余庆。

攒心钉

被收在一个锦囊中，打开看时，只见长有七寸五分，放出华光，火焰夺目，穿心而过。

战绩 击杀魔家四将。

土府星

土行孙

玉虚十二仙中惧留孙的弟子，修行
于夹龙山飞云洞，妻子为邓婵玉，
善地行之术。

土行孙受申公豹蛊惑，下山协助邓九公征讨西岐，凭借所盗取的师父的捆仙绳生擒周营数将。
夜袭周营，被杨戬施计让其误以为已斩杀武王，并化身美人色诱，欲生擒之，被土行孙遁地
逃走。后被师父降服，归于西周任督粮官，并迎娶邓婵玉。伐纣之战中，常以地行之术勘查
敌营情报，并多次逃过杀身之祸。后于龙山麒麟崖下被事先埋伏的张奎斩杀，最终魂上封神台。

甲子太岁

杨任

商纣大夫，阐教玉虚三代
传人之一。

法器

五火七禽扇、飞电枪

战绩

击杀吕岳、李平、陈庚、方义真、余先、余兆

坐骑

云霞兽

本为商朝上大夫，因上奏列举罪责并劝谏纣王停止建造鹿台一事，被下令剜去双眼。杨任忠心不灭，留一道怨气直冲青峰山紫阳洞，清虚道德真君命黄巾力士带走其尸骸，取二粒仙丹放入杨任眼眶，用仙天真气一吹，令杨任起死回生，使其眼眶里长出两只手来，手心里又伸出两只眼睛，此眼上看天庭、下观地穴、中识人间万事；并授予杨任云霞兽和五火七禽扇。后奉师命下山助周伐纣，杀敌颇多，至潼关救下黄飞虎等人，后以五火七禽扇大破吕岳设下的瘟癀阵，一扇使八卦台与吕岳俱成灰烬，解救了姜子牙的百日之厄；以神眼看破以地行术夜袭周营的张奎；后在对战梅山七怪之时，被元神出窍的袁洪一棍正中顶门而亡，最终魂上封神台。

《 封 神 演 义 》 人 物

截教教主
首席弟子
弟子门人
随侍仙

第三章

截教众仙

艺　术　图　鉴

通天教主

修行于碧游宫，截教教主，鸿
钧道人的弟子。徒弟众多，有
多宝道人、金灵圣母、赵公明等。

法器

诛仙四剑、六魂幡

坐骑

奎牛

广成子打死截教火灵圣母。引得截教门人众怒，间接引起了纷争。多宝道人欲为徒
报仇，诬陷广成子出言辱骂截教，向师父挑拨，通天教主偏信门内弟子的一面之词，
遂派多宝道人取四口宝剑在界牌关大摆诛仙阵。通天教主入阵，遭元始天尊、老子
等人围攻破阵，四仙剑被夺走。败逃后又于临潼关前摆"万仙阵"，率截教弟子与
阐教及西方教大战，大败。最终，通天教主被鸿钧道人指责轻信门徒，致生事端。
在师父的讲和下，三人化解恩怨，各自吞下一粒丹药，发誓不再起攻打对方的念头，
随后被鸿钧道人带回。

诛仙四剑

四把剑分别名为诛仙剑、戮仙剑、陷仙剑和绝仙剑。将这些剑倒悬
门上，发雷震动，就算是万劫神仙，也难逃于此。诛仙剑"利"，
于诛仙阵正东方之上；戮仙剑"亡"，挂于诛仙阵正西方之上；陷
剑到处起红光，挂于诛仙阵正南方之上；绝仙剑变化无穷妙，大罗
仙血染裳，挂于诛仙阵正北方之上。

战绩

诛仙剑被广成子摘取，戮仙剑被赤精子摘取，陷仙剑被玉鼎真人摘取
绝仙剑被道行天尊摘取。

六魂幡

幡有六尾，尾上写上六位
人物的姓名，用符印祭拜
完毕后，摇动以取其性命。

战绩　因长耳定光仙背叛截教，
故未能发挥作用。

多宝道人

为通天教主门下四大亲传弟子之一，火灵圣母的师父。

闸教的广成子打死火灵圣母后，来碧游宫交还遗物"金霞冠"。多宝道人欲为徒报仇，与众门人借机诬陷广成子出言辱骂截教、向师父挑拨，导致通天教主带领截教参与封神大战，截教弟子被师父派去在界牌关下以四口宝剑设立诛仙阵以阻周兵。多宝道人曾在两教战斗中被广成子以番天印打翻在地。两大恶阵被破、通天教主战败后，多宝道人因仗剑暗算老子而被其用风火蒲扇卷去玄都，从此弃邪归正，因与西方有缘，最终皈依西方，礼拜释迦。

金灵圣母

坎宫斗母（居周天列宿之首）

为通天教主门下四大亲传弟子之一，弟子有商太师闻仲和气仙余元。人物原型为斗姆元君。

法器

龙虎如意、四象塔

因其弟子余元被姜子牙所害，加之阐教接二连三地挑衅，金灵圣母至碧游宫拜求师尊后，下山伐武。万仙阵之战时，金灵圣母先是祭起四象塔，打死瑶池金母之女龙吉公主，又用龙虎如意打死截教叛徒洪锦。后以一己之力与文殊广法天尊、普贤真人、慈航道人对敌，不料被燃灯道人用定海珠偷袭，正中顶门，命丧当场，最终魂上封神台。

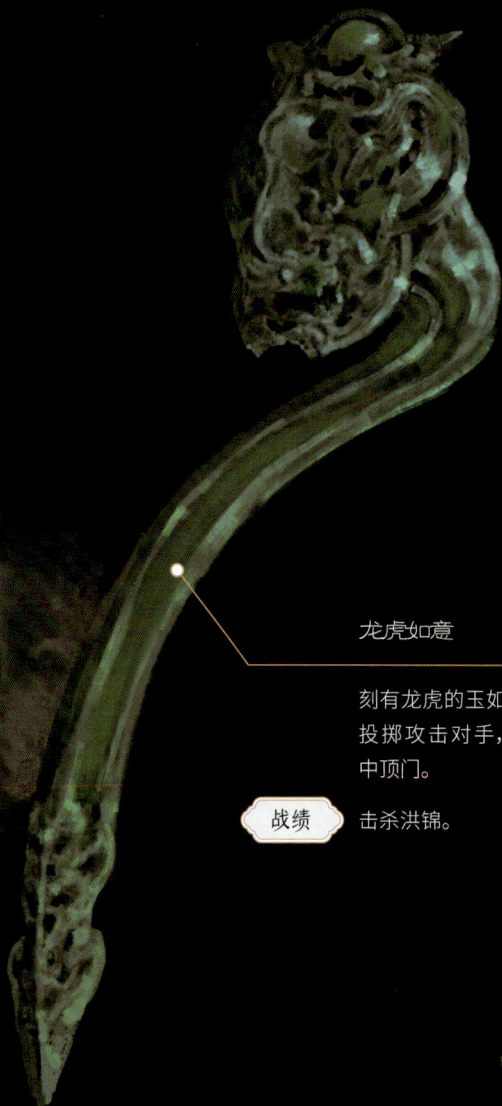

龙虎如意

刻有龙虎的玉如意，
投掷攻击对手，正
中顶门。

战绩 击杀洪锦。

四象塔

战绩 在万仙阵中击杀龙
吉公主。

金灵圣母正面看似只有一头，
脑后还有猪等三小头，以示
其变相。

缚龙索

具有擒龙捆仙的神力，投掷而出可自动束缚敌人。

战绩 施法捆住黄龙真人。

赵公明

玄坛真君岁 金龙如意正一龙虎

修行于峨嵋山罗浮洞，截教门人，师父为通天教主，三霄娘娘的师兄及大哥。

法器

缚龙索、二十四颗定海珠

坐骑

黑虎

受闻仲之请，带门徒下山助其征伐西岐。赵公明前去叫阵姜子牙，将其一鞭打死，被黄天化等人三路围攻，败逃回营；后以缚龙索连伤广成子等人；对战燃灯道人时，被五夷山散人萧升、曹宝收走定海珠和缚龙索。后向三霄娘娘借金蛟剪，再战西周，被陆压道人以"钉头七箭书"诅咒，使得其元神散而不归。赵公明向闻仲询问解救之法，闻仲派其门徒抢七箭书未果。姜子牙在岐山以二箭射其右目，三箭劈心一箭，三箭射了草人，将赵公明射杀于成汤营里，最终魂上封神台。

感应随世仙姑

云霄娘娘

修行于三仙岛，截教第一代门人之一，师从通天教主，三霄娘娘里最为年长，师兄为赵公明。

法器

金蛟剪、混元金斗

坐骑

青鸾

将金蛟剪借予赵公明。后为报师兄赵公明被陆压所杀之仇，云霄陪同琼霄、碧霄，联合彩云仙子、菡芝仙下山前往西岐与阐教众仙斗法。三霄与姜子牙对阵时被打神鞭重伤，不敌姜子牙等人，大怒，遂布下九曲黄河阵，凭借混元金斗先后生擒杨戬、金吒、木吒等人；后又擒住玉虚十二仙，削去了他们的顶上三花，灭了他们的胸中五气。而后其阵法被元始天尊及太上老君所破，云霄则被太上老君用乾坤图裹去，镇压在麒麟崖下，最终魂上封神台。

混元金斗

装尽乾坤并四海，任他宝物尽收藏。

战绩 生擒十二仙，将其困入黄河阵。削去十二仙顶上三花，灭了其胸中五气。

金蛟剪

此剪乃是两条蛟龙采天地灵气、受日月精华，起在空中，挺折上下，祥云护体，头交头如剪，尾交尾如股。即使是得道神仙，也会被金蛟剪一剪两段。借予赵公明后又被还于三霄。

感应随世仙姑

琼霄娘娘 碧霄娘娘

修行于三仙岛，截教第一代门人之一，师从通天教主，师兄为赵公明。

法器	法器
混元金斗	混元金斗

坐骑	坐骑
鸿鹄鸟	花翎鸟

为报师兄赵公明被陆压所杀之仇，三霄联合彩云仙子、菡芝仙下山前往西岐与阐教众仙斗法。三霄不敌姜子牙等人，大怒，遂布下九曲黄河阵，凭借混元金斗先后生擒杨戬、金吒、木吒等人，后又擒住玉虚十二仙，削去了他们的顶上三花、灭了其胸中五气。而后其阵法被元始天尊及太上老君所破，琼霄被元始天尊座下的白鹤童子以三宝玉如意正中天灵而亡，最终魂上封神台。

为报师兄赵公明被陆压所杀之仇，三霄联合彩云仙子、菡芝仙下山前往西岐与阐教众仙斗法。碧霄与杨戬对阵时被哮天犬咬伤。三霄不敌姜子牙等人，大怒，遂布下九曲黄河阵，凭借混元金斗先后生擒杨戬、金吒、木吒等人，后又擒住玉虚十二仙，削去了他们的顶上三花、灭了其胸中五气。而后其阵法被元始天尊及太上老君所破。碧霄祭起混元金斗攻击老子却反被收走法宝；又取飞剑攻击元始天尊，反被白鹤童子打落兵器；后遭元始天尊取一盒连人带鸟装入盒内化为血水，最终魂上封神台。

金霞冠

可号召三千能驾驭三昧火的火龙兵群攻，所及之处，方圆十五六丈金光笼罩，并能隐藏身形，烈焰卷起似一座火焰山。

战绩 佳梦关接连打败洪锦、龙吉公主。

火灵圣母

截教五大圣母之一，截教大弟子多宝道人门下弟子，胡雷的师父。

法器

混元锤、金霞冠、两口太阿剑

坐骑

金眼驼

为什么火灵圣母之死是阐截两教大战的导火索？

广成子大破金光阵、击杀火灵圣母后，随即拜访碧游宫，当着截教众仙的面道歉还宝，但在话语中表明是火灵圣母执宝行凶：违背天意，使得通天教主说出"凡吾教下弟子不遵训诲，任凭姜子牙鞭打"之话，引发众截教弟子不满。加之多宝道人欲意为徒报仇，顺势编造广成子出言侮辱截教的谎话，向师傅挑拨，导致通天教主勃然大怒，要以诛仙阵法阻止周兵，这才有了后面两教的诛仙之战。

起初，火灵圣母的徒弟胡雷与其兄长镇守佳梦关，而后胡雷在与周军的对战中战败逃跑，被龙吉公主用乾坤针斩杀，火灵圣母遂下丘鸣山为徒报仇。火灵圣母以金霞冠之威大胜洪锦和龙吉公主，而后与前来增援的姜子牙、哪吒等人恶战，放出金光逼得姜子牙节节败退。此时正遇广成子前来相助命危的子牙，其法器扫霞衣专克金霞冠，将金光一扫全无。没有了金霞冠护身的火灵圣母全然不敌，随即被广成子用番天印砸碎脑袋，命绝当场，最终魂上封神台。

八卦云光帕

上面有坎离震兑之宝，包罗万象之珍。往下一丢，可召唤黄巾力士。

石矶娘娘

截教门徒，为顽石成精，修行于骷髅山白骨洞，座下有两徒弟碧云童子和彩云童子。

法器

八卦龙须帕、太阿剑、八卦云光帕

坐骑

青鸾

其弟子碧云童子被哪吒以震天箭射死，李靖偕哪吒请罪之际，其另一弟子彩云童子又被哪吒重伤命危。石矶为徒报仇，收走了哪吒的乾坤圈与混天绫。后石矶与前来为徒弟说情的太乙真人辩理，太乙真人称哪吒乃灵珠子降世，所为皆是天数之言激怒了石矶，便手执宝剑与太乙真人交战，被其用九龙神火罩罩住，以三昧神火火烧致其现出原形，最终魂上封神台。

吕岳

瘟瘟昊天大帝（率领瘟部六位正神）

神祇

截教仙人，师父为通天教主，九龙岛声名山的炼气士。

道人打扮，穿大红袍服，面如蓝靛、发似朱砂、巨口獠牙、三目圆睁。

法器

形天印、瘟疫钟、形瘟幡、止瘟剑、瘟癀伞

坐骑

金眼驼

受申公豹之请，率领门人前来助冀州侯苏护共破西岐。姜子牙率兵出城，正逢吕岳，杨戬、哪吒等人将其围攻。吕岳重伤回营，派弟子将瘟丹撒遍西岐城，却被玉鼎真人的丹药所破；随后与门人大战阐教众人，被木吒用吴钩剑卸下一只膀臂；后逃回九龙岛，炼成瘟癀阵。在武王伐纣至穿云关时，吕岳再次下山，设下毒阵将姜子牙困在阵中近百日。此阵后被杨任用五火七禽扇所破，杨任连扇数次，将八卦台与吕岳俱烧成了灰烬。吕岳最终魂上封神台。

雌雄双鞭

由两条蛟龙所化，
双鞭按阴阳、分
二气。

闻仲

神仙

九天应元雷声普化天尊

帝乙的托孤大臣，纣王重臣、太师。乃碧游宫金灵圣母门下，师祖为通天教主。

法器

雌雄双鞭

坐骑

墨麒麟

拜金灵圣母为师学艺五十载，奉师命下山辅佐成汤，后受帝乙托孤。其奉敕远征北海之时，纣王近奸色而远贤良，仁政不施；闻仲回朝后陈十策奏于纣王，愿其痛改前非、行仁兴义，并怒打佞臣费仲、尤浑，随后再次起兵往东海去。由于纣王残暴无道，武王起兵伐纣。闻仲为保殷商，领兵征伐西岐，请来截教各方道者相助，对阵姜子牙，但终不敌天数，皆以战败告终。十绝阵被破后，闻太师损兵折将，行至绝龙岭，最终被云中子所炼通天神火柱火烧而亡，最终魂上封神台。

随侍仙

太极阵

祭起时阵中如铁
壁铜墙一般，兵
刃如山。

132

虬首仙

真身为青毛狮子，拜在通天教主门下，为其随侍七仙之一。

法器

太极阵

广成子上碧游宫还宝之时，虬首仙曾与一众截教门人将其围攻，欲为火灵圣母复仇。在万仙阵中执掌太极阵对抗，虬首仙入阵祭起符印，阵中如铁壁铜墙一般，兵刃加山。后太极阵被文殊广法天尊持盘古幡所破，并命黄巾力士将其拿去芦篷下；元始天尊命南极仙翁将其打回原身，乃是一头青毛狮子。最终元始天尊命其为文殊广法天尊坐骑。

金光仙

真身为金毛犼，拜在
通天教主门下，为其
随侍七仙之一。

四象阵

广成子上碧游宫还宝之时，金光仙曾与一众截教门人将其围攻，欲
为火灵圣母复仇。在万仙阵中设下四象阵对抗，金光仙入阵祭起符印，
变化无穷。慈航道人祭起三宝玉如意破阵后，又命黄巾力士将其拿
去芦篷下，被南极仙翁打回原身，乃是一只金毛犼。最终元始天尊
命其为慈航道人坐骑。

灵牙仙

真身为黄牙老象，拜在通天教主门下，为其随侍七仙之一。

法器

两仪阵

在万仙阵中布下两仪阵，灵牙仙入阵祭起符印。后普贤真人现出法身，镇住灵牙仙并破阵后，命黄巾力士将其拿去芦篷下，被南极仙翁将其打回原身，乃是一只白象最终元始天尊命其为普贤真人坐骑。

乌云仙

真身为金须鳌鱼，拜在通天教主门下，为其随侍七仙之一。

法器

混元锤

通天教主设下万仙阵时，乌云仙守阵太极阵，于阵中以混元锤打败了前来破阵的赤精子、广成子。广成子被打倒在地，无可奈何之际，准提道人前来阻止，称自己与乌云仙有缘，特来化其归于西方。最终乌云仙被准提道人制服，命徒儿水火童子以六根清净竹来钓金鳌。乌云仙把头摇了一摇，化作一个金须鳌鱼，剪尾摇头，上了钓竿，往西方八德池中享极乐之福去了。

《 封 神 演 义 》 人 物

上古女神

仙界耆宿

西方教教主

十天君

梅山七怪

散仙

第四章

众仙群像

女娲娘娘

上古神女，因共工氏以头触不周山导致天地大乱，女娲遂采五色石炼之以补青天，被百姓认为是福国庇民的女神。

法器

招妖幡、山河社稷图、缚妖索

坐骑

青鸾

三月十五诞辰之日，女娲去往火云宫与三圣朝贺；后回归宝殿时，发现纣王在粉壁墙上题的有辱自己尊严的诗，勃然大怒，遂驾青鸾去往朝歌，想给纣王个报应。不料女娲在空中被其子殷郊和殷洪的两道红光阻挡，得知纣王尚有二十八年气运，因此只能按住心中的不悦，暂时回宫。女娲算出商朝即将被推翻，于是用"招妖幡"招来轩辕坟三妖前去迷惑纣王，加快商朝的灭亡速度，但嘱咐三妖不得残害苍生。在商周两军大战之时，仙家阐截两教也正式开战。战乱四起，女娲前去援助灭商之战，并助杨戬降服了梅山七怪中的金大升与袁洪。而后三妖违背法旨助纣为虐，女娲将其俘获并交与姜子牙发落。

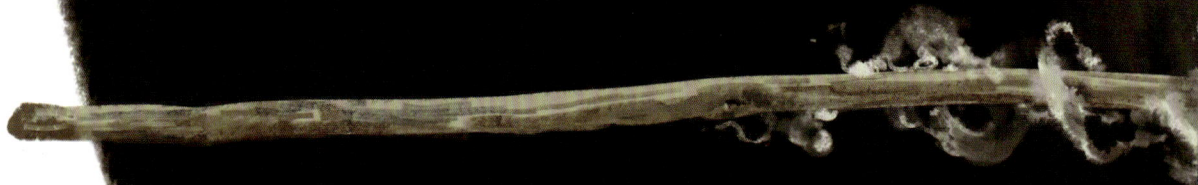

缚妖索

捆绑妖的仙家绳索。

战绩　俘获金大升和袁洪，后
又锁住九尾狐、九头雉
鸡、玉石琵琶三妖并交
与姜子牙发落。

山河社稷图

四象变化有无穷之
妙，思山就变出山，
思水就变出水。

战绩　借杨戬此宝以擒住袁洪。

招妖幡

于金葫芦中，杆约四五丈高，悬出一道幡，可以召唤天下群妖到行宫听候法旨。

鸿钧道人

修行于紫霄宫，乃老子、元始天尊和通天教主的师父。高卧九重云、天地玄黄外，玄门都领袖。

通天教主的诛仙阵和万仙阵被破大败后，正值其欲重立世界之时，鸿钧道人赶来，训诫了上前状告师兄的通天教主；后命截教众人散去，自己则领通天教主至芦蓬与老子、元始天尊和西方教等人相会。一番公论讲明后，他们师兄弟三人终释清误会，从此各修宗教。随后鸿钧道人命三人跪至面前，赐每人一粒丹药，告诫他们若有人再心存妄念，即刻薨毙。遂辞别众仙，领通天教主驾祥云而去。

接引道人

西方教两大教主之一，准提道人的师兄。有一徒弟白莲童子，为莲花化身。

将青莲宝色旗付与广成子用以破殷郊；后与师弟准提道人一起帮助阐教元始天尊攻打截教通天教主，接连攻破了截教所设的诛仙阵和万仙阵。而后在潼关遇龟灵圣母追杀惧留孙，以念珠将其降伏，使其显出原身。在派白莲童子收服龟灵圣母时，不慎放出蚊虫将龟灵误杀，害得接引道人的十二品莲台被食了三品。最后在万仙阵中用乾坤袋收走了大量截教门人，并渡他们到西方。

准提道人

西方教两大教主之一，接引道人的师弟。人物原型为佛教的准提菩萨。有一随从水火童子（不是截教的水火童子）。

法器

七宝妙树、六根清净竹、加持神杵

战绩

将乌云仙钓去西方八德池边，使其自在逍遥、无挂无碍。

六根清净竹

因知晓孔宣阻逆大兵，便特从西方赶来帮助姜子牙降伏孔宣以渡他，将其收作自己的坐骑兼门人；后来救下专食人心的马元，以"与西方有缘"为由将他带回西方世界，改造成马元尊王佛；又收了在封神榜上无名的法戒归于西方，并和接引道人一起助元始天尊打败了通天教主，接连破了诛仙阵和万仙阵，多次襄助武王伐纣，最后回到西方极乐世界。

七宝妙树

战绩　放出千朵青莲，摄住了通天教主的绝仙剑。

加持神杵

战绩　将孔宣打回原形孔雀，打中通天教主，使其滚下奎牛。

秦完

雷部二十四位天君正神之一的『秦完天君』

截教门人，金鳌岛十天君之一，炼有十绝阵之一的首阵"天绝阵"。

天绝阵

若人入此阵，有雷鸣之处，化作灰尘；仙道若逢此处，肢体震为粉碎。

战绩 击杀邓华。

阵法

天绝阵

被申公豹相邀助闻仲征伐姜子牙，至西岐摆下"十绝阵"首阵"天绝阵"，甚是凶恶。阵中有三首幡，玉虚宫邓华前来入阵对战，秦完将幡往下一掷，雷声交作，便取了其首级。而后其阵法被文殊广法天尊所破，并用遁龙桩遁住其身，以宝剑斩其首级，拎出阵外，最终魂上封神台。

神位

雷部二十四位天君正神之一的
『赵江天君』

赵江

截教门人，金鳌岛十天君之一，十绝阵之一"地烈阵"的阵主。

地烈阵

此阵变化多端，内有一首红幡，招动处，上有雷鸣，下有火起，雷火齐发。凡人、仙进此阵，纵有五行妙术，都将化作粉末。

战绩 击杀韩毒龙。

阵法

地烈阵

被闻仲请来助其征伐姜子牙，至西岐摆下"十绝阵"之一的第二阵"地烈阵"。天绝阵被破后，阐教门人韩毒龙前来叫阵，赵江与其对战五六回合，往阵内败走，将五方幡摇动，火雷齐发，上下交攻；不一时，赶至阵中的韩毒龙被化为粉末。而后，其阵法被阐教"十二上仙"之一的惧留孙所破，并被捆仙绳生擒，吊在芦篷，最终被周将武吉斩杀于阵前，最终魂上封神台。

风吼阵

此阵按地、水、火、风之数布置，内有风、火。若人、仙进此阵，风、火交作，万刀齐攒，四肢立成齑粉。

战绩 击杀方弼。

董全

雷部二十四位天君正神之一的『董全天君』

截教门人，金鳌岛十天君之一，十绝阵之一"风吼阵"的阵主。

阵法

风吼阵

被闻仲请来征伐姜子牙，至西岐摆下"十绝阵"之一的第三阵"风吼阵"。刚投奔西周的方弼拖载至阵中，董全摇动黑幡，黑风卷起，万刀齐杀，将方弼四肢斩为数段，拖出阵外。而后燃灯命慈航道人头顶定风珠入阵，遂破了阵法，并将董全吸入清净琉璃瓶中，使其浑身皮肉化成脓而亡，最终魂上封神台。

寒冰阵

此阵实为刀山，中有风雷，上有冰山如狼牙，下有冰块如刀剑。若人、仙入此阵，风雷动处，上下一磕，四肢立成齑粉。

战绩 击杀薛恶虎。

神位

雷部二十四位天君正神之一的『袁角天君』

袁角

截教门人，金鳌岛十天君之一，十绝阵之一"寒冰阵"的阵主。

阵法

寒冰阵

被闻仲请来征伐姜子牙，至西岐摆下"十绝阵"之一的第四阵"寒冰阵"。道行天尊门徒薛恶虎领命前来叫阵，袁角入阵摇动黑幡，只见其上有冰山如狼牙，下有冰块如刀剑，似刀山般将薛恶虎磕成了肉泥，薛恶虎亡于阵中。而后普贤真人用金灯所释放出的光线消化了"寒冰阵"的冰山，大破此阵，并用吴钩剑将袁天君斩于台下。袁角最终魂上封神台。

金光阵

此阵中有二十一面宝镜及二十一
根高杆，每一面宝镜悬在高杆顶
上，一镜上有一套。若人、仙入
阵，将此套拽起，则雷声震动镜
子，金光射出，照住其身，其人
立刻化为脓血。

战绩 击杀萧臻。

金光圣母

雷部二十四位天君正神之一的「闪电神」

截教门人，通天教主座下五大圣母之一，金鳌岛十天君之一，十绝阵之一"金光阵"的阵主。

金光镜

战绩 可以射出闪电金光用以击杀敌人，共有二十一面神镜，专在金光阵中使用。

法器

金光镜

阵法

金光阵

被闻仲请来征伐姜子牙，至西岐摆下"十绝阵"之一的第五阵"金光阵"。玉虚宫门下萧臻前来叫阵，金光圣母入阵内振动二十一面宝镜，放出金光将其射杀于阵中。而后"十二上仙"之一的广成子身披八卦仙衣入阵，抵挡住了金光，破了阵法。金光圣母被广成子的番天印打中顶门而亡，最终魂上封神台。

孙良

雷部二十四位天君正神之一的「孙良天君」

截教门人，金鳌岛十天君之一，十绝阵之一"化血阵"的阵主。

阵法

化血阵

被闻仲请来征伐姜子牙，至西岐摆下"十绝阵"之一的第六阵"化血阵"。五夷山白云洞散人乔坤前来入阵对战，孙良于阵内将一片黑砂往下打来，正中其身，随即化作遍地红血而亡。而后，其阵法被太乙真人以一朵庆云护于顶上抵挡黑砂所破，孙良则被太乙真人用九龙神火罩罩住，顷刻烧成了灰烬，最终魂上封神台。

化血阵

此阵法中有风雷，内藏数片黑砂。若人、仙入阵，雷响处，风卷黑砂，被沾到之人或仙，立刻化为血水。

战绩

击杀乔坤。

白礼

截教门人，金鳌岛十天君之
一，十绝阵之一"烈焰阵"
的阵主。

阵法

烈焰阵

被闻仲请来征伐姜子牙，至西岐摆下"十绝阵"之一的第七阵"烈焰阵"。陆压道人前来入
阵对战，白礼于阵内招展三首红幡，只见空中火、地下火、三昧火三火齐烧陆压两个时辰，
陆压却安然无恙，白礼反被其祭出的斩仙飞刀取首级而亡，最终魂上封神台。

烈焰阵

此阵内藏有三火，分别为三昧火、空中火、石中火，三火并为一气；阵中有三首红幡。若人、仙入此阵，三幡展动、三火齐飞，须臾便会成为灰烬。

雷部二十四位天君正神之一的『姚斌天君』

姚斌

截教门人，金鳌岛十天君之一，十绝阵之一"落魂阵"的阵主。

阵法

落魂阵

落魂阵

此阵中藏天地厉气，结聚而成，内有白纸幡一首，上存符印。若人、仙入阵，白幡展动，魂消魄散，顷刻而灭。入阵者随入随灭。

战绩 击杀方相。

被闻仲请来助其征伐姜子牙，至西岐摆下"十绝阵"之一的第八阵"落魂阵"。姚斌于落魂阵内设法摄去姜子牙的二魂六魄，使姜子牙魂魄离体；又令前来抢夺姜尚之魂的"十二上仙"之一的赤精子几乎失陷于阵中。后遇刚投奔西周的方相前来入阵对战，姚斌一撒黑砂令其顷刻绝命。而后姚斌的阵法被赤精子用八卦紫寿仙衣抵挡并破阵，姚斌亦被赤精子用阴阳镜劈面一晃撞下台，斩下首级而亡，最终魂上封神台。

红水阵

此阵变幻莫测，中有一八卦台，台上有三个葫芦，若人、仙入阵，阵主将葫芦往下一掷，倾出红水，汪洋无际。若被其水所溅，则顷刻化为血水。

战绩 击杀曹宝。

王变

雷部二十四位天君正神之一的「王变天君」

截教门人，金鳌岛十天君之一，十绝阵之一"红水阵"的阵主。

阵法

红水阵

被闻仲请来征伐姜子牙，至西岐摆下"十绝阵"之一的第九阵"红水阵"。二仙岭散仙曹宝前来入阵对战，王变将葫芦振破，红水平地涌来，曹宝触水，化为血水而亡。而后，"十二上仙"之一的清虚道德真君以脚踏莲花瓣抵挡红水，破了阵法；王变则被道德真君用五火七禽扇一扇，化作一阵红灰而亡，最终魂上封神台。

张绍

神位

雷部二十四位天君正神之一的『张绍天君』

截教门人，金鳌岛十天君之一，十绝阵之一"红沙阵"的阵主。

阵法

红沙阵

被闻仲请来征伐姜子牙，至西岐摆下"十绝阵"之一的最后一阵"红沙阵"，也是最强的一阵。武王、哪吒及雷震子入阵会战。张绍于阵中以红沙打中三人，将三人俱困于阵内，日日将红沙撒于武王身上，如刀刃一般，长达百日。而后其阵法被南极仙翁用五火七翎扇扇去红沙所破；张绍不敌，逃遁之时被由白鹤童子祭起的三宝玉如意打翻，受其剑斩而亡，最终魂上封神台。

红沙阵

此阵内按天、地、人三才，中分三气，内藏红砂三斗——看似红砂，着身则为利刃。若人、仙冲入此阵，风雷运处，飞砂伤人，骸骨顷刻俱成齑粉。

战绩　击杀姬发（后被救活）。

神匠

袁洪

梅山七怪之一，
通晓八九玄功，
乃白猿精。

元神出窍，杀死杨任。

纣王出榜招贤以阻挡西周大军之时，袁洪揭榜入朝，被封为元帅，调兵镇守孟津，和其余六怪屡建奇功，被纣王嘉奖。袁洪命部下高明、高觉多次探听周营情报，后同众将杀进周营。袁洪元神出窍，以一棍打死杨任，与哪吒对战时成功逃脱，与杨戬两次斗法对战，变化多端。在杨戬祭出哮天犬之时，袁洪又化作白光脱身。后被困于女娲法宝山河社稷图中，为杨戬所擒并带回周营。袁洪依仗七十二变玄功而无法被斩首，故姜子牙以陆压道人所赠的"斩仙飞刀"将其斩杀，最终魂上封神台。

天瘟星

金大升

梅山七怪之一，擅长口喷牛
黄烧人，乃水牛精，袁洪麾
下副将。

战绩

击杀郑伦。

戴礼阵亡后，金大升前来帮助袁洪对战西岐。金大升骑上独角兽于周营前叫阵，与周军大将郑伦大战数回合，遂喷出碗口大的牛黄，正中郑伦面部；金大升提刀将其斩成两段，大胜回营。后杨戬用照妖鉴将金大升照出原形，欲变化食他，遇女娲娘娘特来助战，以伏妖索擒住金大升，用铜锤击打其背脊。一声雷响，金大升现出原身，乃是一匹水牛。杨戬将牛怪带回周营发落，被南宫适行刑，一刀斩杀，最终魂上封神台。

荒芜星

戴礼

梅山七怪之首，能口吐红珠，
乃狗精，袁洪麾下副将。

朱子真被斩后，戴礼闻纣王招贤，特来效于袁洪麾下。与哪吒对战时，戴礼自口内吐出一粒红珠，有碗口大小，往哪吒顶门打来，哪吒闪避，败下阵来。于是杨戬上前与戴礼对战，二人大战二十余回合，戴礼又吐出一粒红珠，现出光华，以伤杨戬。杨戬放出哮天犬，绕过红珠直奔戴礼，将其一口咬住；杨戬挥刀将戴礼斩于马下，使其显出原形，最终魂上封神台。

伏断星

朱子真

梅山七怪之一，
乃野猪精。

战绩

击杀余忠

在吴龙、常昊阵亡后，特来助战袁洪，为纣王出力。与南伯侯麾下副将余忠对战时，朱子真把口一张，一道黑烟喷出，笼罩其全身，现出原形，一口将余忠咬了半段，余忠尸骸倒于马下。杨戬在旁用照妖宝鉴一照，原来是一只猪精，便用计与朱子真对战，假意被其现出原身后一口吃下。朱子真自以为得胜，回到营中庆贺；杨戬在其腹内搅翻肝肠，迫使朱子真现出原形，跪伏至周营辕门前，被南宫适行刑，一刀斩杀。子牙命将猪头挂在辕门号令，朱子真最终魂上封神台。

吴龙

梅山七怪之一，能口吐黑雾迷晕敌人，乃蜈蚣精。

战绩

击杀彭祖寿

纣王出榜招贤以阻挡西周大军之时，随袁洪揭榜入朝，被封为先行官。吴龙于孟津对战彭祖寿，现出原形，黑雾卷来，彭祖寿被迷晕不知人事，后被吴龙一刀斩为两段。与哪吒交手时，化作青光两次逃离九龙神火罩。杨戬取照妖鉴照看，原来是一条蜈蚣。吴龙现出原形与杨戬对战，卷起黑雾罩住自己；杨戬化作一只金鸡，飞入黑雾之中，将蜈蚣咬住，啄成数段。吴龙最终魂上封神台。

常昊

刀砧星

梅山七怪之一，能口
吐毒气，乃白蛇精。

战绩

击杀姚庶良

纣王出榜招贤以阻挡西周大军之时，随袁洪揭榜入朝，被封为先行官。常昊于孟津对战姚庶良，其脚下卷起一团黑雾，连人带马被罩住，现出原形，吐出毒气将姚庶良迷晕，随即下马取其首级。与哪吒交手时，常昊化作青光两次逃离九龙神火罩。杨戬取照妖鉴照看，原来是条大白蛇。常昊现出原形，隐在黑雾中试图打伤杨戬；杨戬化作一条大蜈蚣，身生两翅飞来，钳如利刃，将白蛇一剪两断。杨戬变回人形，将蛇斩成数段，用五雷诀将其震作灰烬。常昊最终魂上封神台。

反吟星

杨显

梅山七怪之一,可口吐白光,罩住敌人使其不能动,乃山羊精。

特来助战袁洪,为纣王出力,与杨戬对战有二三十回合。杨显在马上吐出一道白光,连马罩住,现出原身以伤杨戬;只见杨戬化作一只白额斑斓猛虎,克制住了杨显,并一刀将杨显砍为两段,割下羊头。杨显最终魂上封神台。

陆压

陆压自称西昆仑的散仙，
闲游五岳，闷戏四海，得
道于混元初。陆压跨青鸾，
骑白鹤，被人称为"仙癖"。

法器

斩仙飞刀、钉头七箭书

初登场时，陆压道人用斩仙飞刀钉住了白礼天君的头，取其首级，
并攻破了十绝阵之一的烈焰阵；随后授予姜子牙钉头七箭书，并教
导和协助他施以钉头七箭之法，射杀截教大仙赵公明；先后遭三霄
姐妹的混元金斗以及孔宣的五色神光所压制，都无破解之法，两次
均化作长虹成功逃脱。陆压道人的斩仙飞刀堪称杀伐利器，不仅斩
杀了拥有金刚之躯的余元，又在截教的万仙阵中将用土遁逃走的丘
引就地斩杀。最终，陆压在将"斩仙飞刀"赠予姜子牙后归山修行，
不问世事。

斩仙飞刀

此法宝被封于红葫芦中，长有七寸，有眉有眼，有翅有足，目射白光，被盯到的人头会被钉住，并封住其元神法力。在使用时须念"请宝贝转身"，那白光便会自动旋转，人头当即落地。

战绩 先后斩杀了白礼天君、余元、丘引、袁洪及妲己。

钉头七箭书

降头咒术，按照符印口诀，需准备一草人，在其身上写上敌方名字，其头顶和脚下各有一盏灯。将书符结印焚化，一日拜三次，连续二十一天，再用小弓和箭射草人，即可咒杀敌人于无形。

战绩 在封神之战中将截教弟子赵公明击杀。

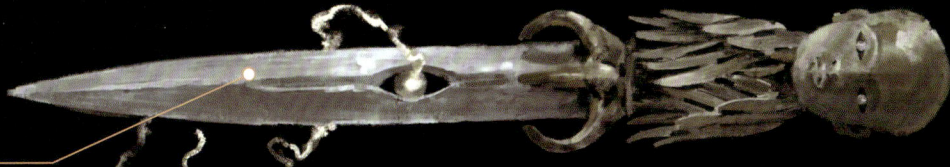

马元

乃骷髅山白骨洞的
一气仙。

战绩

吃掉武荣之心。

受申公豹之请下山助殷洪征讨西岐，出营叫阵姜子牙。由于其在封神榜上无名，故能够接住打神鞭，并将鞭收在豹皮囊中。恰逢秦州运粮官武荣至此，前来助战，马元默念咒，脑袋后伸出一只手，将武荣抓在空中撕成两块，取其心，嚼在肚里；后对战土行孙时，土行孙以地行道术逃脱；复又中了杨戬的计谋，吃了其心，泻了三日。后被文殊广法天尊设计擒获，待要被举剑斩杀之时，准提道人上前阻止，以马元与西方有缘之由将其带回西方，最终成佛。

《 封 神 演 义 》 人 物

附录

散仙

度厄真人

法器 定风珠

西昆仑一散仙，修行于西昆仑九鼎铁叉山八宝云光洞，曾是郑伦和李靖的师父，传授了郑伦吸人魂魄的法术，授予了李靖五行遁术。后将定风珠借与宜生、晁田，用以破十绝阵。

神位 红鸾星

龙吉公主

法器 雾露乾坤网、四海瓶、乾坤针、捆龙索
兵器 二龙剑、鸾飞剑、白光剑
坐骑 青鸾、神鳋

昊天上帝亲生，瑶池金母之女，只因有思凡之心，而被贬在凤凰山青鸾斗阙，需下山助姜子牙伐纣，才可免罪愆再回瑶池。罗宣火焚西岐城时，龙吉公主特来助战，用法术灭了此火，击败罗宣。因符元仙翁称她与截教中的洪锦有俗世姻缘，而后月合老人下凡牵线，龙吉公主遂嫁于手下败将洪锦。对战万仙阵之时，被金灵圣母用四象塔打落马下，终被截教众仙所杀。

阐教众人

南极仙翁

法器 五火七翎扇

阐教教主元始天尊座下主要门人之一，身边有一徒弟兼坐骑白鹤童子。

木吒

法器 吴钩剑

李靖的次子、普贤真人的徒弟，最终肉身成圣。

金吒

法器 遁龙桩

李靖的长子、文殊广法天尊的徒弟，最终肉身成圣。

神位 增福神

韩毒龙

道行天尊的弟子，与薛恶虎、韦护为同门师兄弟，最终死在赵江的"地烈阵"中。

神位 损福神

薛恶虎

道行天尊的弟子，与韩毒龙、韦护为同门师兄弟，最终死在袁角的"寒冰阵"中。

韦护

兵器 降魔杵

道行天尊的弟子，与薛恶虎、韩毒龙为同门师兄弟，最终肉身成圣。

龙须虎

被姜子牙降伏后收为弟子，最终被巨人邬文化所击杀。

外貌：头似驼，狰狞凶恶；项似鹅，挺折枭雄；须似虾，或上或下；耳似牛，凸暴双睛；身似鱼，光辉灿烂；手似鸢，电灼钢钩；足似虎，钻山跳涧；龙分种，降下异形。

云中子

终南山玉柱洞的炼气士，乃是修炼千百年的得道之仙，阐教教主元始天尊的传人之一。为雷震子的师父，在其出生后便收为弟子，带上山抚养历练；后让雷震子食下两枚红杏，使其长出獠牙翅膀，遍体风雷，后赠与雷震子一根黄金棍。

截教众人

无当圣母

截教教主通天教主座下四大弟子之一。万仙阵对战时，无当圣母见阵难以支持，便先独自离去了。

龟灵圣母

截教教主通天教主门下四大弟子之一。其原型为母乌龟，仓颉氏造字而有龟文羽翼之形，而后修成人形。最后被白莲童子无意放出的蚊虫吸干血肉，变成空壳。

菌芝仙

法器 风袋

截教门人，修行于东海金鳌岛。与彩云仙子等人同往西岐，助战三霄娘娘，后被姜子牙的打神鞭击杀。

洪锦

法器 旗门遁

坐骑 鲸龙

截教弟子，善五行之术，随意变化，曾任殷商三山关总兵官，兵败后降周，与龙吉公主成婚。对战万仙阵之时，被金灵圣母用龙虎如意正中顶门而亡。

余元

法器 金光锉、如意乾坤袋、穿心锁

坐骑 金睛五云驼

截教弟子，蓬莱岛的气仙，金灵圣母的徒弟。最终被陆压道人的斩仙飞刀击杀。

余化

兵器 方天戟

法器 戮魂幡、化血神刀

坐骑 火眼金睛兽

殷商将军，截教门人之一，蓬莱岛气仙余元的弟子，精通左道，人称"七首将军"。最终在对战时被杨戬和雷震子联手击杀。

神位 增长天王

魔礼青

法器 青云剑、虎头枪、白玉金刚镯

青云剑，上有符印，中分四字，地、水、火、风。这风乃黑风，风内万千戈矛，若人逢着此风，四肢成为齑粉；若论火，空中金蛇搅绕，遍地一块黑烟，烟掩人目，烈焰烧人，并无遮挡。

魔家四将之一，佳梦关总兵。最终被黄天化以攒心钉穿心而过。

外貌：长二丈四尺，面如活蟹，须如铜线。

神位 广目天王

魔礼红

法器 混元珍珠伞、方天画戟

混元珍珠伞，伞上有祖母禄，祖母印，祖母碧，有夜明珠，碧尘珠，碧火珠，碧水珠，消凉珠，九曲珠。定颜珠，定风珠，还用珍珠串成"装载乾坤"四字。这把伞不敢撑，撑开时天昏地暗、日月无光，转一转乾坤晃动。

魔家四将之一，佳梦关总兵。最终被黄天化以攒心钉穿心而过。

神位 多文天王

魔礼海

法器 碧玉琵琶

上有四条弦，按地、水、火、风，拨动弦声，风火齐至。

魔家四将之一，佳梦关总兵。最终被黄天化以攒心钉穿心而过。

神位 持国天王

魔礼寿

法器 紫金龙花狐貂

放起空中，现身似白象，胁生飞翅，食尽世人。

魔家四将之一，佳梦关总兵。最终被杨戬幻化的花狐貂咬伤，又被黄天化以攒心钉正中胸前而亡。

神位 灵霄宝殿四圣大元帅

王魔

法器 开天珠

坐骑 狴犴

截教门人，九龙岛的练气士。闻仲在讨伐西岐时，请四圣出山援救张桂芳。最终被文殊广法天尊与金吒联合击杀。

外貌：戴一字巾，穿水合袍，面如满月。

神位 灵霄宝殿四圣大元帅

杨森

法器 劈地珠开天珠

坐骑 狻猊

截教门人，九龙岛的练气士。闻仲在讨伐西岐时，请四圣出山援救张桂芳。最终因被金吒一剑斩成两段而亡。

外貌：莲子箍，似头陀打扮，穿皂服，面如锅底，须似朱砂，两道黄眉。

神位 灵霄宝殿四圣大元帅

高友乾

法器 混元珠

坐骑 花斑豹

截教门人，九龙岛的练气士。闻仲在讨伐西岐时，请四圣出山援救张桂芳。最终被姜子牙以打神鞭所击杀。

外貌：双抓髻，穿大红服，面如蓝靛，须如朱砂，上下獠牙。

神位 灵霄宝殿四圣大元帅

李兴霸

法器 劈地珠、方楞锏

坐骑 猙狞

截教门人，九龙岛的炼气士。闻仲在讨伐西岐时，请四圣出山援救张桂芳。最终被木吒的吴钩剑所斩杀。

外貌描写：戴鱼尾金冠，穿淡黄服，面如重枣，一部长髯，俱有一丈五六尺长，晃晃荡荡。

姬发

坐骑 逍遥马

姬昌的次子，伯邑考的二弟。姬发得阐教众仙家的帮助，兴兵伐纣，顺应天命推翻殷商，改朝换代，史称"周武王"。

神位 丧门星
张桂芳

法术 呼名夺魂术
法器 臼杵枪

殷商青龙关总兵，被太师闻仲派去讨伐西岐。最后在走投无路下自刎，以死报国尽忠。

神位 太阴星
姜皇后

纣王的原配王后，育有二子，为殷郊和殷洪。最终因遭妲己设局陷害行刺纣王，被下旨剜去一目、炮烙了双手，后屈死于西宫。

神位 天罡星
黄天祥

兵器 银装锏

黄飞虎与贾氏夫人的第四个儿子。最终在攻打青龙关时被敌将丘引以摄魂红珠擒住后处死。

神位 东斗星官
苏护

冀州侯，殷商大将，是苏全忠与苏妲己的父亲，不得已之下将女儿苏妲己献与纣王。最终被余兆用杏黄幡偷袭击杀。

神位 青龙星
邓九公

原为三山关总兵，凡人出身，武艺高强。其子为邓秀，其女为邓婵玉，女婿是土行孙。后被哼哈二将中的陈奇擒住，宁死不屈，大骂丘引，最终被斩首示众。

神位 黄幡星
魏贲

姜子牙的弟子，乃周军左哨先锋，最终败死于彭遵的菡萏阵。

散宜生

西周开国功臣，和姜尚、太颠等同救西伯姬昌。

神位 五鬼星
邓秀

三山关总兵邓九公之子，邓婵玉的哥哥，死因不明。

主痘碧霞元君
余化龙

商朝潼关主将，后因五子阵亡，潼关已归西土，最终自刎殉国。

武吉

姜子牙的弟子，后成为周军四大先行官之一的右哨先锋，最终因封神榜上无名，得享人间富贵。

哼哈二将
郑伦

兵器 降魔杵　　**坐骑** 火眼金睛兽

殷商部将，冀州侯苏护的督粮官，部下有三千乌鸦兵，曾拜西昆仑度厄真人为师，和李靖为同门师兄弟。度厄真人传予他窍中二气，将鼻一哼，响如钟声，并喷出两道白光，吸人魂魄。之后又拜截教瘟神吕岳为师。最终被金大升以三尖刀所击杀。

哼哈二将
陈奇

法器 荡魔杵　　**坐骑** 火眼金睛兽

殷商部将，青龙关总兵邱引的督粮官，有三千飞虎兵，曾受异人秘传，养成腹中一道黄气，张口一哈，黄气喷出，见之者魂魄自散。最终被黄飞虎一枪击杀。

五谷星
殷洪

法器 八卦紫绶仙衣、阴阳宝镜、水火锋、方天画戟

纣王嫡次子，殷郊之弟，阐教赤精子的徒弟。在母亲姜王后被杀后，被纣王派兵追捕，与哥哥殷郊一起逃亡，后被赤精子所救并收为弟子。殷洪奉师命下山助周，并立誓若有他意，四肢俱成飞灰；下山后因被申公豹挑唆，转而伐周，最终应誓亡于太极图中。

心似浮云常自在，意如流水任东西。